AF423741

www.ingramcontent.com/pod-product-compliance
Lightning Source LLC
Chambersburg PA
CBHW071500150726
48000CB00006B/2658

تريندز للبحوث والاستشارات
TRENDS RESEARCH & ADVISORY

العلاقة بين تحسين بيئة الأعمال وتدفق الاستثمار الأجنبي المباشر

دروس تقدمها سنغافورة ونيوزيلندا للدول الأفريقية

موزة المرزوقي

ورقة سياسة (17)
نوفمبر 2022

مركز تريندز للبحوث والاستشارات

يُعـد مركـز ترينـدز للبحـوث والاستشـارات مؤسسـة بحثيـة مسـتقلة تأسـس عـام 2014، ويهتـم باستشـراف المسـتقبل في جوانبـه الاسـتراتيجية والسياسـية والاقتصاديـة، وتتبـع القضايـا العالميـة المختلفـة. كـما يهـدف المركـز إلى تحليـل الفـرص والتحديـات عـلى مختلـف الصعد الجيوسياسـية الراهنـة، وما تحملـه مـن متغـيرات محتملـة، مـع محاولـة إيجـاد إجابـات وتفسـيرات علميـة وموضوعية مـن شـأنها المسـاهمة في التأثـير في اتجاهـات الأحـداث مـع مراعـاة نواحـي التحليـل والنقـد والاستشـراف.

ويقـدم المركـز مـن أجـل تحقيق غاياتـه العلمية، دراسـات رصـينة ذات أبعـاد استشـرافية مسـتقبلية، ويطرح أفضـل البدائل الممكنة لمسـاعدة صنّـاع القـرار في معرفـة التطـورات الإقليميـة والدوليـة بشـكل أعمـق، والاسـتفادة ممـا توفـره مـن فـرص. كـما يقـوم المركـز برصـد الاتجاهـات والتغيـيرات الاسـتراتيجية والاقتصاديـة والإقليميـة والدوليـة، بشـكل أعمـق، والاسـتفادة ممـا توفـره مـن فـرص، والتنبـؤ بآثارهـا المسـتقبلية، وذلـك وفـق الضوابـط العلميـة المتعـارف عليهـا دوليـاً لـدى أعـرق مراكـز التفكير والبحـث العلمـي.

المحتويات

ملخص تنفيذي

سعت هذه الدراسة لفهم أثر التحسينات في بيئة الأعمال على الجاذبية للاستثمار الأجنبي المباشر بالاعتماد على ما تقدمه تجربتا سنغافورة ونيوزيلندا من دروس في هذا الصدد. وقد توصلت الدراسة إلى أهمية التكنولوجيا الرقمية في تنظيم بيئة الأعمال، وأهمية الشفافية والحوكمة وسلامة الإطار القانوني وضرورة التناغم بين السياسات الاقتصادية الكلية المطبقة في الاقتصاد وأهمية زيادة كفاءة عناصر الإنتاج الوطنية وإنتاجيتها. كما تبين أن تهيئة بيئة الأعمال شرط ضروري وليس شرطاً كافياً لتدفق الاستثمارات الأجنبية المباشرة، وأن ازدهار الصناعة التحويلية المحلية واتساع نطاق السوق هي من الشروط الكافية لتحفيز الاستثمارات الأجنبية المباشرة على التدفق. مع ضرورة التركيز على حزمة من التحسينات في بيئة الأعمال في الاقتصاد المحلي، وخصوصاً ترقية مؤشرات التنافسية والابتكار، ومتابعة التقارير الدولية الراصدة لبيئة الأعمال بطريقة منضبطة.

وبهدف مساعدة الدول الأفريقية في تهيئة بيئتها المحلية أمام الاستثمارات الأجنبية المباشرة، ونتيجة لمعاناتها من تحديات تمويلية وتصنيعية وتنظيمية وقانونية متعددة مع غياب الاستقرار الاقتصادي والسياسي والاجتماعي، انتهت الدراسة إلى أن المداخل التنظيمية لتهيئة بيئة الأعمال تتمثل في وجود خطة محكمة للتطوير مع أهمية التركيز على ترقية معارف ومهارات عنصر العمل ضمن توليفة من تطوير رأس المال البشري والتكنولوجي. كما من الضروري الاهتمام بدعم بيئة الأعمال في قطاع الصناعة التحويلية وتحفيز أنشطته الجاذبة للاستثمارات المحلية والأجنبية، مع ضرورة القضاء على أشكال التداخل والتشتت

7

القانـوني كافـة وأهميـة الانتظـام في تحليـل مكونـات المـؤشرات الفرعية للتقاريـر الدوليـة الراصـدة لبيئـة ممارسـة أنشـطة الأعـمال وفهـم المنهجيـة التـي تُبنـى على أساسـها تلـك المـؤشرات ومتابعـة مكانـة الـدول الأفريقيـة في هـذه التقاريـر والتغيرات التي تطرأ عليها عاماً بعد آخر.

مقدمة:

تحـاول هـذه الدراسـة فهـم أثـر التحسـينات في بيئـة الأعمـال التـي تلجـأ إليهـا أي دولـة في زيـادة فرصهـا لجـذب الاسـتثمار الأجنبـي المباشـر إليهـا. ذلـك أن معظـم دول العـالم تهـدف إلى جـذب مزيـد مـن الاستثمارات الأجنبيـة جنبـاً إلى جنـب مـع حفـز الاستثمار المحلي، لكونهـما مـن الروافـع الرئيسـة للنمـو الاقتصادي. ولـكي تنجـح أي دولـة في ذلـك عليهـا أن ترفـع جاهزيـة الإطـار التنظيمـي لبيئـة الأعمـال وتزيـد كفـاءة الخدمـات التـي تُقـدم للمسـتثمرين، بمـا يجعـل اجتذابهـم أمـراً سـهلاً، خصوصـاً في حالـة وجود مقارنـات في سـهولة ممارسـة أنشطة الأعمـال.

ونظـراً لأن المنظمـات الاقتصاديـة الدوليـة قـد شـهدت تطـوراً مهمـاً في الأدوار التـي تؤديهـا في الاقتصـاد العالمـي، وإلى أنهـا تلجـأ إلى تقييـم البيئـة الاسـتثمارية في دول العـالم المختلفـة عـبر تطويـر مؤشـرات راصـدة لتلـك البيئـة لمسـاعدة الشـركات متعـددة الجنسـيات في أنشـطتها الدوليـة؛ فقـد كان الهـدف الأخـير هـو تحقيـق المزيـد مـن العولمـة الماليـة وفتـح الأسواق أمـام تلـك الشـركات وزيـادة فرصهـا في رفـع متوسط العائـد على استثماراتها الدوليـة.

وفي الواقـع الـدولي، ورغـم تشـابه اقتصادَيْ سـنغافورة ونيوزيلنـدا[1] فيـما حقّقتـاه مـن إنجـازات ملموسـة في تهيئـة ممارسـة أنشطة الأعمـال ووصولهـما إلى مكانـة دوليـة رائـدة وفـق مـؤشر البنـك الـدولي لسـهولة ممارسـة أنشـطة الأعمـال، فقـد اختلفتـا في قـدرة كل منهـما عـلى جـذب تدفقـات الاسـتثمار الأجنبـي المبـاشر.

---

1. وقع الاختيـار عـلى تجربتـي سـنغافورة ونيوزيلنـدا لكونهـما تمثلان، نموذجـاً رائـداً في تهيئـة بيئـة الأعـمال في تقاريـر البنك الـدولي لسـهولة ممارسـة أنشـطة الأعـمال. كـما أنهـما تعـدان مـن الاقتصـادات التـي لديهـا نهضـة في مـؤشرات الأداء الاقتصادي والتحـول صـوب التقـدم حديثـاً. وفي الوقـت ذاتـه، ونتيجـة لاختـلاف قدراتهـما عـلى جـذب الاستثمارات الأجنبيـة المبـاشرة، فـإن ذلـك يمكـن أن يفيد في تطوير سياسات اقتصادية أكثر فائدة لحالة الدول النامية عمومـاً.

واعتماداً على هذا التباين في الأداء أمام هذه التدفقات الاستثمارية، يمكن الخروج بدروس دولية مهمة من هاتين التجربتين وبما يلائم رسم سياسات كفؤة وفاعلة في تطوير البيئة الجاذبة للمستثمرين في دول القارة الأفريقية؛ وهذا هو الهدف النهائي للفقرات التالية.

وتبدأ محاور الدراسة في رسم إطار نظري لفهم بيئة الاستثمار المحلية ثم استعراض أهم ملامح تجربتي سنغافورة ونيوزيلندا في بيئة الأعمال وفي الجاذبية للاستثمار الأجنبي المباشر؛ يلي ذلك اقتراح الدراسة للكيفية التي يمكن أن تعزز وتهيئ بها الدول الأفريقية بيئتها المحلية أمام الاستثمارات الأجنبية المباشرة وأهم المداخل الضرورية لذلك.

1. مدخل نظري لفهم بيئة الاستثمار المحلية:

من المعلوم أن الاستثمارات الأجنبية المباشرة تتدفق بين أسواق العالم؛ إما بحثاً عن الموارد الطبيعية، وإما قرباً للأسواق، وإما سعياً وراء الكفاءة الإنتاجية. وفي سعي الشركات الدولية وراء الأسواق التي تتسم بالكفاءة، تظهر أهمية تطوير بيئة الأعمال المحلية في سياق دولي مقارن.

وللوقوف على هذه الأهمية، يتناول هذا الجزء أهم سمات منظومة الاستثمار الوطنية، ثم يتصدى بعد ذلك لمعرفة أثر التحسينات التي تدخلها الحكومات في بيئة الأعمال في الجاذبية للاستثمار الأجنبي المباشر.

1.1 حول منظومة الاستثمار الوطنية:

إن الخدمات المقدمة للمستثمرين دائماً ما تأتي على رأس قائمة الأنشطة التي تقدمها الحكومة في بيئة الأعمال، سواء خدمات المستثمرين المحليين أو المستثمرين الأجانب. ولما كانت هذه الخدمات الاستثمارية تظهر مدى فائدتها من أهمية الاستثمار ودوره في الاقتصاد، باعتباره المصدر الرئيسي للنمو الاقتصادي، فغالباً ما

تتـولى جهـة متخصصة تابعـة للحكومـة توفيـر تلـك النوعية مـن الخدمات حتـى تتمكن مـن توفيـر المنـاخ الملائـم لتحفيـز الاسـتثمار بشـقيه المحلـي والأجنبـي. وتتـولى هذه الجهـة تطويـر التشريعـات المنظمـة لـه وترويـج الفرص الاستثمارية، وتطوير الإجـراءات والحوافـز التنظيميـة التـي تلبـي حاجات هـذا النـوع المتخصـص مـن عمـلاء الحكومـة.

ومـن المعلـوم أن الخدمـات التـي تُقـدم للاستثمار ترتبـط بـدورة حيـاة المشـروع الاسـتثماري، فهـي تبـدأ مـن ظهـور فكـرة المـشروع وتنتهـي بانتهـاء المـشروع وخروجـه مـن السـوق. وتتمثل الخدمـات التـي يطلبها المستثمر المحلـي والأجنبـي بعـد اجتذابـه بالإجـراءات الترويجيـة المختلفـة، فـي خدمـات التأسـيس ومـا بعـد التأسـيس، فضـلاً عـن بعـض الخدمـات المتخصصـة الأخـرى التـي تختلـف حسـب حالـة الاقتصاد ومسـتوى تطوره ودرجـة انفتاحـه الاستثماري، وطبيعـة القوانين والتشريعـات الاقتصاديـة والمالية المرتبطـة بمنـاخ الاستثمار.

ويمكن توضيح مكونات منظومة الاستثمار الوطنية من خلال الشكل التالي رقم (1):

شكل رقم (1): عناصر منظومة الاستثمار الوطنية

ويظهـر الشـكل السـابق رقـم (1) أن هنـاك أربعـة أطـراف فاعلـة في بيئـة الاستثمار الوطنية، وهي:

- المنظـمات الحكوميـة التـي تقـوم بـدور المسـهل لبيئـة الأعـمال والمطبـق للقوانين والتشريعات.

- البيئـة التشريعيـة والقوانـين والتنظيـمات والضوابـط المعمـول بهـا، سـواء تعلَّقـت بضبـط عنـاصر منظومـة الاسـتثمار أم بالحوافـز والتيسـيرات الماليـة وغير المالية المقدمة لوحدات الاستثمار المحلي والأجنبي.

- القطاع الخاص الوطني والمتمثل في الشركات والوحدات الإنتاجيـة كافـة التـي يملكها رأس المال الوطني.

- وحـدات الاسـتثمار الأجنبـي المبـاشر، وهـي تلـك الوحـدات الإنتاجيـة التـي يمتلـك فيها الاستثمار الأجنبي المباشر نسبة من رأس المال تبلغ 10% أو أكثر[2].

2.1 الآثار الاقتصادية لتهيئة بيئة الاستثمار:

ولأن الاسـتثمار عـلى هـذا القـدر مـن الأهميـة في رفـع معـدل نمـو الناتج المحلي الإجمالي في أي دولـة، فإنـه بالقـدر الـذي يتحسـن بـه مناخ الاسـتثمار، مـن خـلال تطويـر التنظيـمات الخاصـة بـه، وعـلى رأسـها تنظيـمات بيئـة الاسـتثمار، تزيـد كذلـك مساهمة الاسـتثمار الخـاص الإجمـالي (المحلـي والأجنبـي) في توليـد القيمـة المضافـة في الاقتصاد وسـد فجـوة المـوارد المحليـة وتوفير مـوارد اقتصاديـة إضافيـة للمجتمع وخصوصاً في بلـدان العـالم النامي التي تعـاني العجـزَ المـالي المزمـن، ومـن ثم الأثر التنمـوي النهـائي في الأجلين القصير والطويل وإنجاز التنمية الاقتصادية المنشودة.

———————————————

2. راجـع في تعريـف الاسـتثمار الأجنبـي المبـاشر المنشـور التـالي عـلى موقـع صنـدوق النقـد الـدولي عـلى الإنترنـت: .https://www imf.org/external/np/sta/di/glossary.pdf

وبالتــالي، يمكــن تلخيــص أبــرز الآثــار الاقتصاديــة لتهيئــة بيئــة الأعمــال لزيــادة تنافسيتها إقليمياً ودولياً أمام الشركات دولية النشاط في[3]:

- زيادة تدفقات الاستثمارات الأجنبية المباشرة للاقتصاد المحلي.

- ارتقاء مكانة الاستثمارات الأجنبية المباشرة في هيكل الناتج المحلي الإجمالي.

- تحســن مــؤشرات أداء ميــزان المدفوعــات للاقتصــاد، وخصوصــاً في حالــة الاقتصادات التي تعاني عجزاً مزمناً في ميزانها التجاري.

- زيادة الطلب على العمالة الماهرة وتراجع مؤشرات البطالة في الاقتصاد.

- تطــور تكنولوجيــا الإنتــاج المحلــي حــال قيــام الاستثمارات الأجنبيــة بنقــل التكنولوجيا.

وإزاء هــذه الأهميــة الفائقــة لتطــور بيئــة الأعمــال المحليــة، واعتمــاداً عــلى بيانــات وتقاريــر ومــؤشرات البنــك الــدولي، نتنــاول في الجــزء التــالي مــن الدراســة تجربتــي سـنغافورة ونيوزيلنــدا في التطبيقــات المختلفــة لتهيئــة بيئتيهما المحليتــين أمــام الاستثمارات الأجنبيــة، ثــم عقــد مقارنــة بــين نتائــج كلتــا التجربتــين لاستخلاص الدروس المستفادة لحالة اقتصادات القارة الأفريقية.

2. تجــارب دوليــة في تهيئــة بيئــة الأعــمال الوطنيــة للاستثمار الأجنبي المباشر:

كــما سـبقت الإشـارة إليـه، تعـد كل مــن سـنغافورة ونيوزيلنـدا مـن الاقتصادات الرائـدة عالميـاً في بيئـة تهيئـة الأعمال. والنقاط التاليـة تـبرز تجربتيهما

<hr>

3. . محمـد يوسـف، برنامـج مقـترح لتحفيـز الاستثمار الأجنبـي المباشر لمـصر، دوريـة بدائـل، عـدد 22، مركـز الأهـرام للدراسـات السياسية والاستراتيجية، مصر، مايو 2017.

في تهيئـة منـاخ الأعـمال لتكونـا محفـزاً للاستثمارات المحلية وجاذبـاً للاستثمارات الأجنبية المباشرة.

1.2 تجربة سنغافورة في تهيئة بيئة الأعمال للاستثمارات الأجنبية المباشرة:

تتنـاول الفقـرات التاليـة أبـرز التحسـينات التـي أُدخلـت عـلى مناخ الاستثمار في اقتصـاد سـنغافورة، سـواء تلـك المتعلقـة بالجانـب التشريعـي أو تلك المتخصصة بالجوانـب التنظيميـة المختلفـة. ويحـاول هـذا الجـزء تسـليط الضـوء عـلى أثـر تلـك التحسـينات في الجاذبيـة للاستثمار الأجنبـي المبـاشر أيضـاً، مـن خـلال استقراء بيانـات ومؤشر تدفـق هـذا النـوع مـن الاستثمار الأجنبـي لاقتصاد سنغافورة خـلال الفـترة مـا بـين الأعـوام 2003-2021 المناظـرة للفـترة المتـاح عنهـا مـؤشرات لبيئـة الأعمال في تقارير البنك الدولي.

2.2 ملامح عامة حول الاقتصاد السنغافوري:

وفـق تقريـر التنافسـية العالمـي[4] لعـام 2019، فـإن المـؤشرات الآتيـة توضـح أبرز ملامح الاقتصاد السنغافوري:

1. حقـق النمـو الاقتصـادي السـنغافوري معـدلاً سـنوياً بنسـبة 4.6% في المتوسـط خـلال السـنوات العـشر مـا بـين 2010 و2019. ويمثـل الناتج المحـلي الإجـمالي السنغافوري نحو 0.42% من الناتج العالمي.

2. يبلغ عدد سكان سنغافورة نحو 5.6 مليون نسمة.

3. يبلغ نصيب الفرد من الناتج نحو 64 ألف دولار.

4. يبلـغ متوسـط تدفقـات الاستثمار الأجنبـي المباشر منسـوباً للناتـج المحـلي الإجمالي خلال السنوات ما بين 2015 و2019 نحو 22.5%.

5. يصل معدل البطالة في الاقتصاد السنغافوري إلى نحو 3.8%.

---

4. راجع رابط التقرير على الإنترنت: https://www3.weforum.org/docs/WEF_TheGlobalCompetitivenessReport2019.pdf

ووفـق أحـدث بيانـات للبنـك الـدولي[5]، فـإن الناتـج المحلـي الإجمـالي السـنغافوري عـام 2021 كان يمثل نحو 379 مليار دولار أمريكي بالأسعار الجارية، كـما تبلـغ جملـة صادراتهـا مـن السـلع والخدمـات والدخـل الأساسي نحو 859 مليـار دولار أمريكي في العام نفسه 2021.

3.2 التحسـينات التـي طـرأت عـلى الإطار التنظيمـي لبيئـة الأعـمال في سنغافورة:

هنـاك مـؤشرات عـدة يمكـن الاعتـماد عليهـا لمتابعـة التحسـينات التـي طـرأت عـلى الإطار التنظيمـي لبيئـة الأعـمال في أي اقتصـاد. إذ إن التحسـينات كافـة التـي يتم إدخالها على بيئة الأعمال تستهدف الارتقاء بالمؤشرات التالية:

- المـؤشر الأول: الاقـتراب مـن المسـتثمر جغرافيـاً وتكنولوجيـاً بهـدف تقليـل التكلفة والوقت وتسريع بدء النشاط التجاري الخاص به.

- المؤشر الثاني: وجود إطار قانوني كفء وواضح.

- المـؤشر الثالـث: تسـهيل خطـوات التعامـل وإجراءاتهـا مـع الجهـات التنظيميـة ذات الصلـة باحتياجـات المسـتثمر، مثـل: إصـدار رخـص البنـاء والكهربـاء والتسجيل الخاص بالملكية.

وبالنظـر إلى بيئـة الأعـمال في سـنغافورة وفـق بيانـات البنـك الـدولي[6] وتقاريـره الراصـدة لسـهولة ممارسـة أنشـطة الأعـمال، فقـد تحسـنت مـؤشرات هـذه البيئـة في اقتصـاد سـنغافورة عـلى النحـو التالي[7]:

---

5. راجع الرابط التالي على الإنترنت: https://databank.worldbank.org/reports.aspx?source=world-development-indicators.

6. مصـدر البيانـات الخاصـة بالسلسـلة الزمنيـة 2003-2019 الـواردة في الدراسـة هـو: مـؤشرات البنـك الـدولي على الإنترنـت في الرابط التالي: https://databank.worldbank.org/reports.aspx?source=world-development-indicators.

7. راجـع في ذلـك تقريـر سـهولة ممارسـة أنشـطة الأعـمال الصـادر عـن البنـك الـدولي في عـام 2019 في الرابـط التالي عـلى الإنترنـت: https:// www.doingbusiness.org/content/dam/doingBusiness/media/Annual-Reports/English/DB2019-report_web-version.pdf.

- فيما يخص الاقتراب من المستثمر، فقد تطور مؤشر عدد الأيام المطلوبة لتنفيذ الأعمال تطوراً سريعاً. ففي عام 2019 كان الوقت المطلوب لبدء الأعمال التجارية في سنغافورة هو يوم ونصف اليوم مقارنة بما كان عليه عام 2003، حيث كان هذا الوقت 8 أيام. وفيما يتعلق بإجراءات البدء المطلوبة للنشاط التجاري، بما فيها الحصول على التصاريح والتراخيص اللازمة، فقد تقلصت 7 إجراءات عام 2003 إلى إجراءين فقط في عام 2019. كما تراجعت تكلفة بداية النشاط كنسبة من متوسط نصيب الفرد من الدخل من 1% في عام 2003 إلى 0.4% في عام 2019. وقلل من هذه التكلفة أن البنية التكنولوجية لبيئة الأعمال في سنغافورة تطورت حتى أصبح التعامل الرقمي عبر منصات الإنترنت وتطبيقاته هو الوسيلة الوحيدة في هذه البيئة أيضاً. وفضلاً عن خفض التكلفة، فإن للتحول الرقمي ميزة واضحة في الاقتراب جغرافياً من المستثمرين كافة على مستوى العالم والمساعدة في ترويج الفرص الاستثمارية المتاحة.

- ظل عدد الضرائب التي يتعين على المستثمر دفعها 5 أنواع ضريبية خلال الفترة ما بين الأعوام 2003 و2019، لكنها زادت في منتصف الفترة إلى 6 أنواع ثم تراجعت لتصل إلى 5 فقط في عام 2019. لذلك، ومن اللافت للنظر أنه فيما يخص السياسات المالية المصلة بالاستثمار يلاحَظ أن الضرائب على الأرباح قد تراجعت من معدل 26.2% في عام 2005 لتصبح نحو 2.1% فقط في عام 2019. وهذا يدل على اتجاه السياسة النقدية نحو رفع الأعباء الضريبية عن الاستثمار المنفذ في الاقتصاد السنغافوري.

- وفيما يخص الإطار القانوني في سنغافورة، فإن مؤشر قوة الحقوق القانونية للبنك الدولي يوضح أن سنغافورة حازت مقدارَ 12/8 درجة في هذا المؤشر في السنوات كافة التي تم فيها رصد هذا المؤشر؛ أي الفترة ما بين الأعوام 2003 و2019. وتراجع عدد الأيام اللازمة لتسجيل العقار من 20 يوماً عام

2004 ليصبح نحو 4.5 أيام عام 2019. لكن في المقابل، زاد عدد الأيام المطلوبة لإنفاذ العقود من 120 يوماً عام 2003 ليصبح 164 يوماً عام 2019. ويعد ذلك خصماً من كفاءة البيئة القانونية في سنغافورة. وفيما يخص حالات الإعسار، يحتاج المستثمر وفق الإطار القانوني السنغافوري إلى 0.8 سنة لكي يُتِمَّ عملية التسوية. وقد ظلت هذه المدة التنافسية ثابتة على امتداد فترة البحث.

- وبصدد تسهيل خطوات التعامل وإجراءاتها مع الجهات التنظيمية ذات الصلة باحتياجات المستثمر، فقد تراجع عدد الأيام المطلوبة للحصول على رخصة الكهرباء لتصبح 26 يوماً عام 2019 بدلاً من 31 يوماً عام 2009. وعلى العكس من ذلك، بلغ عدد الساعات المطلوبة لإعداد الضرائب المستحقة ودفعها نحو 64 ساعة في عام 2019 بعدما كانت 49 ساعة فقط في عام 2005. كما تراجع عدد الأيام المطلوبة لبناء المستودعات من 62 يوماً عام 2005 لتصبح نحو 35.5 يوماً عام 2019، ويبلغ عدد الإجراءات اللازمة لذلك نحو 9 إجراءات في العام نفسه 2019 بعدما كانت تصل إلى 13 إجراءً في عام 2005.

- وبخصوص فاعلية أدوات السياسة المالية، فإن ما يؤكد فعالية السياسات النقدية المطبقة في اقتصاد سنغافورة لبيئة الأعمال وصول مؤشر عمق المعلومات الائتمانية إلى 8/7 درجة في عام 2019، كما أن الأنشطة الائتمانية زاد مستوى تغطيتها من 33.5% من جملة البالغين المقيمين في سنغافورة في عام 2004 لتصبح نحو 64.2% في عام 2019.

وإجمالاً، فقد انعكست التحسينات السابقة في بيئة الأعمال السنغافورية على حلول سنغافورة في المرتبة الثانية عالمياً في سهولة ممارسة أنشطة الأعمال عام 2019 بنسبة أداء تصل إلى نحو 86.1% من الأداء المثالي. وكان معدل الإفصاح في بيئة الأعمال السنغافورية في أعلى معدلاته العالمية عند مستوى 10/10 درجة.

وعليـه، فقـد زاد إجـمالي عـدد الـشركات الجديـدة المسـجلة سنوياً مـن 19.5 ألـف شركة عام 2006 إلى 42.2 ألف شركة تقريباً عام 2020.

4.2 تطور حاذبية سنغافورة للاستثمارات الأجنبية المباشرة:

ولاختبـار أثر التحسـينات التـي أدخلـت في بيئة الأعـمال السـنغافورية عـلى الجاذبيـة للاسـتثمارات الأجنبيـة المبـاشرة، فـإن الشـكل التـالي رقـم (2) يوضـح التطـورات الكميـة لقِيَـم الاستثمارات الأجنبيـة المبـاشرة المتدفقـة للاقتصاد السنغافوري خلال الفترة ما بين الأعوام 2003 و2020 وفق ما يلي[8]:

شـكل رقـم (2): تطـور تدفقـات الاستثمارات الأجنبيـة المبـاشرة لسـنغافورة ونسـبتها من الناتج المحلي الإجمالي*

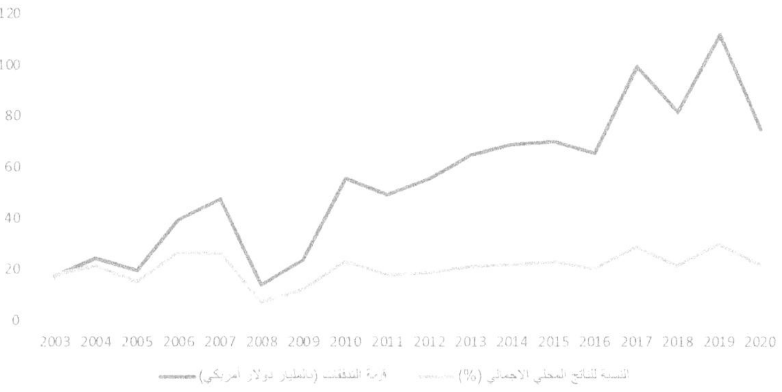

* تـم إعـداد هـذا الشـكل بالاعتـماد عـلى بيانـات البنـك الـدولي في الرابـط التـالي: https://:databank.worldbank.org/reports.aspx?source=world-development-indicators

---

8. راجـع في ذلـك: مـؤشرات البنـك الـدولي عـلى الإنترنـت في الرابـط: https://databank.worldbank.org/reports.aspx?source=world-development-indicators.

واعتماداً على الشكل السابق نفسه رقم (2) يمكن الخروج بالملاحظات التالية:

- استطاع الاقتصاد السنغافوري أن يجذب في عام 2003 حجم استثمارات أجنبية مباشرة سنوياً تقترب من حاجز 20 مليار دولار أمريكي بالأسعار الجارية للدولار. وقد حدث تقلُّب في قيمة هذه التدفقات بعد ذلك حتى عام 2005.

- بين الأعوام 2005 و2007 حدثت طفرة في قيمة الاستثمارات الأجنبية المباشرة لتضاعف قيمتها بما يقترب من حاجز 50 مليار دولار في عام 2006.

- سبَّبت الأزمة المالية العالمية تراجعاً كبيراً في تدفقات الاستثمارات الأجنبية المباشرة للاقتصاد السنغافوري إلى أدنى مستوى له عندما اقترب من حاجز 10 مليارات دولار عام 2008.

- استمرت جاذبية الاقتصاد السنغافوري للاستثمارات الأجنبية المباشرة في الزيادة السريعة حتى وصلت إلى مداها عام 2019 عندما تمكنت من جذب نحو 111 مليار دولار. لكن هذه الجاذبية تراجعت في عام 2020 بفعل تداعيات جائحة كورونا العالمية.

- رغم التزايد الكمي الكبير لتدفقات الاستثمارات الأجنبية المباشرة لاقتصاد سنغافورة، فإن نسبة هذه التدفقات للناتج المحلي الإجمالي لم تزدد بالوتيرة نفسها. فقد كانت هذه النسبة عام 2003 نحو 17.5% ثم وصلت إلى نحو 21.6% عام 2020. ووصلت إلى أعلى معدل لها عام 2019 عندما مثلت نحو 29% من الناتج المحلي الإجمالي في سنغافورة.

5.2 تجربة نيوزيلندا في تهيئة بيئة الأعمال للاستثمارات الأجنبية المباشرة:

ستنتهج الدراسةُ في هذا الجزء المتعلق بتقييم تجربة نيوزيلندا في تهيئة بيئة ممارسة أنشطة الأعمال المنهج نفسه الذي اتُّبِع في التقييم العام لتجربة سنغافورة. وتتناول النقاط التالية التحسينات المدخلة على الإطار التنظيمي لبيئة الأعمال في

نيوزيلنـدا، ثـم تتبـع أثـر هـذه التحسـينات في تدفقـات الاستثمارات الأجنبيـة خـلال الفـترة مـا بـين الأعـوام 2003-2019.

6.2 ملامح عامة حول الاقتصاد النيوزيلندي:

وفـق تقريـر التنافسـية العالمـي[9] لعـام 2019، فـإن المـؤشرات الآتيـة توضـح أبرز ملامح الاقتصاد النيوزيلندي:

- حقـق النمـو الاقتصـادي النيوزيلنـدي معـدلاً سـنوياً بلـغ 2.5% في المتوسـط خـلال الأعـوام العشرة مـا بـين 2010 و2019، كـما يمثل الناتـج المحلي الإجمالي النيوزيلندي نحو 0.15% من الناتج العالمي.

- يبلغ عدد سكان نيوزيلندا نحو 4.9 مليون نسمة.

- يبلغ نصيب الفرد من الناتج نحو 41 ألف دولار.

- يبلـغ متوسـط تدفقـات الاستثمار الأجنبي المبـاشر منسـوباً إلى النـاتج المحلـي الإجمالي خلال الأعوام 2015-2019 نحو 0.9%.

- يصل معدل البطالة في الاقتصاد النيوزيلندي إلى نحو 4.5%.

ووفـق أحـدث بيانـات البنـك الـدولي[10]، فـإن الناتـج المحلـي الإجمـالي النيوزيلنـدي لعـام 2021 كان يمثل نحـو 250 مليـار دولار أمريكي بالأسـعار الجاريـة، وبلغـت جملـة صادراتهـا مـن السـلع والخدمـات والدخـل الأساسي نحـو 62 مليـار دولار أمريكي في العام نفسه (2021).

9.. راجـع رابـط التقريـر عـلى الإنترنـت في الرابـط التـالي: https://www3.weforum.org/docs/WEF_TheGlobalCompetitive
nessReport2019.pdf

10.. راجـع في ذلـك الرابـط التـالي عـلى الإنترنـت: -https://databank.worldbank.org/reports.aspx?source=world
development-indicators.

7.2 الإطار التنظيمي لبيئة الأعمال في نيوزيلندا:

اعتماداً على المؤشرات نفسها الخاصة بالاقتراب من المستثمر جغرافياً وتكنولوجياً بهدف تقليل التكلفة والوقت وتسريع بدء النشاط التجاري الخاص به، ومدى وجود إطار قانوني كفء وواضح وسهولة إجراءات التعامل مع الجهات التنظيمية ذات الصلة باحتياجات المستثمر، فإن بيانات البنك الدولي المتعلقة ببيئة الأعمال في نيوزيلندا توضح الحقائق العامة التالية:

في محاولةٍ للاقتراب من المستثمرين، اختُصر الوقت المطلوب لبدء الأعمال التجارية في نيوزيلندا من 12 يوماً عام 2003 ليصبح البدء في النشاط عام 2019 يأخذ نصف يوم فقط. بالإضافة إلى أن تكلفة إجراءات بداية النشاط ظلت على مستوى تنافسي؛ إذ إنها كانت تبلغ نحو 0.2% من نصيب الفرد من الدخل القومي الإجمالي في عام 2003 وعام 2019.

وفيما يخص السياسات المالية المتصلة بالاستثمار في بيئة الأعمال في نيوزيلندا، يلاحظ أن الضرائب على الأرباح قد تراجعت من معدل 36.6% في عام 2005 لتصبح نحو 34.6% في عام 2019. كما تراجع عدد الضرائب الواجب سدادها من المستثمر من 8 أنواع لتصبح 7 أنواع، وتراجع عدد الساعات التي يقضيها المستثمر لإعداد الضرائب المستحقة وتسديدها من 172 ساعة إلى 140 ساعة بين أول الفترة وآخرها.

أما بالنسبة إلى كفاءة الإطار القانوني المنظم لبيئة الأعمال في نيوزيلندا، فإن مؤشر قوة الحقوق القانونية كان في أعلى درجاته الدولية منذ عام 2003 حتى عام 2019 عند مستوى 12/12 درجة. ولم يتغير الوقت المطلوب لإنفاذ العقود القانونية في نيوزيلندا؛ حيث ظل عند مستوى 216 يوماً على امتداد الفترة ما بين الأعوام 2003 و2019. وبالنسبة إلى عدد الأيام المطلوبة لتسجيل الملكية العقارية،

فرغـم تراجعهـا مـن يـوم واحـد في عـام 2004 إلى 3.5 أيـام في عـام 2019، فإنهـا تظل تنافسـية في المقارنـة الدوليـة. وتحتـاج حـالات الإعسـار إلى مـدة 1.3 عـام لـكي تتم تسويتها وفق النظام القانوني المتبع في نيوزيلندا على امتداد فترة البحث.

وعنـد تحليـل الإطار التنظيمـي للتعامـل مـع الجهـات ذات الصلة بالاسـتثمار، سـجلت نيوزيلنـدا في عـام 2019 أن الوقـت المطلـوب للحصـول عـلى الكهربـاء هـو 58 يومـاً؛ أي إنـه تراجـع مـن 69 يومـاً في عـام 2009. أمـا عـدد الإجـراءات المطلوبة لبنـاء مسـتودعات تجاريـة، فقـد ظلـت 11 إجـراءً عـلى امتـداد فتـرة الدراسـة، وهـي تستغرق 93 يوماً على مرور الأعوام حتى عام 2019.

بالإضافـة إلى فاعليـة أدوات السياسـة الماليـة، فـإن مـا يؤكـد فعاليـة السياسـات النقديـة المطبقـة في اقتصـاد نيوزيلنـدا لبيئـة الأعمـال هـو وصـول مـؤشر عمـق المعلومـات الائتمانيـة إلى أعـلى مسـتوى عالمـي؛ أي 8/8 درجـة في عـام 2019، كـما زادت تغطيـة الأنشطـة الائتمانيـة مـن 97.8% مـن جملـة البالغـين المقيمـين في نيوزيلندا في عام 2004 لتصبح 100% منهم في عام 2019.

ولقـد انعكسـت التحسـينات السـابقة كافـة في وصـول الاقتصاد النيوزيلندي إلى المرتبـة الأولى عالميـاً في سـهولة ممارسـة أنشـطة الأعمـال في عـام 2019. حيـث وصـل مـؤشر سـهولة ممارسـة أنشـطه الأعـمال نحـو 86.7%، وهـو أعـلى معـدل في العـام نفسـه. كـما كان مـؤشر الإفصـاح في نيوزيلنـدا عنـد أعـلى مسـتوى عالمـي لـه عندمـا حقـق 10/10 درجـة. ويلاحـظ تراجـع عـدد الشـركات الجديـدة المسـجلة سـنوياً من نحو 67.8 ألف شركة في عام 2006 لنحو 58 ألف شركة في عام 2020.

8.2 تطور جاذبية اقتصاد نيوزيلندا للاستثمارات الأجنبية المباشرة:

يوضح الشـكل التـالي رقـم (3) التطور الـذي شـهدته تدفقـات الاستثمارات الأجنبية المباشرة للاقتصاد النيوزيلندي خلال الفترة ما بين الأعوام 2003 و2020.

شـكل رقـم (3): تطـور تدفقـات الاسـتثمارات الأجنبيـة المبـاشرة لنيوزيلنـدا ونسـبتها من الناتج المحلي الإجمالي*

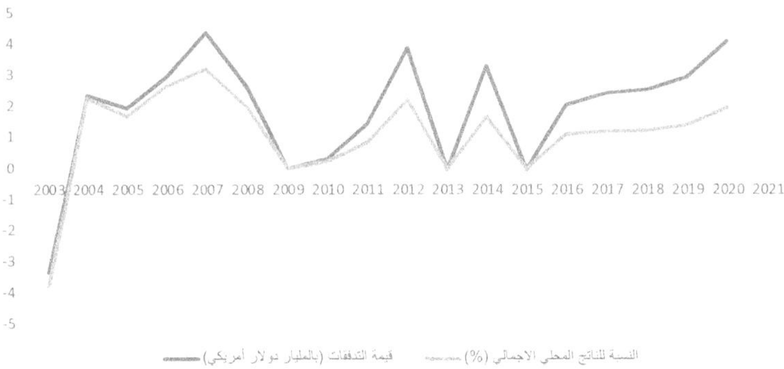

* تـم إعـداد هـذا الشـكل بالاعتـماد عـلى بيانـات البنـك الـدولي في الرابـط التـالي: https://databank.worldbank.org/reports.aspx?source=world-development-indicators.

وبينـما يوضـح الشـكل السـابق رقـم (3) تطـور كل قيمـة مـن قِيَـم تدفـق الاسـتثمارات الأجنبيـة المبـاشرة وأهميتهـا للناتـج المحلـي الإجمالي، فإنـه يمكـن الخـروج بملاحظـات عـدة مـن تتبـع التغـيرات في هذيـن المؤشريـن خـلال الفـترة محل البحث، وذلك على النحو التالي:

• أخـذ تدفـق الاسـتثمارات الأجنبيـة المبـاشرة للاقتصـاد النيوزيلنـدي القيـم الموجبـة مـع بدايـة عـام 2004، حيـث كان في عـام 2003 سـالب القيمـة. وقـد وصلـت هـذه التدفقـات إلى أعـلى قيمـة لهـا في عـام 2007 لكنهـا لم تتعـدَّ حاجـز 5 مليـارات دولار أمريـكي بالأسـعار الجاريـة. وقـد تراجعـت هـذه التدفقـات واقتربـت مـن حاجـز الصفـر ثـلاث مـرات متعاقبـة في السـنوات 2009، 2013، 2015.

- كان هنـاك تنـاظر واضـح بـين التطـور الحاصـل في قيمـة الاستثمارات الأجنبية المبـاشرة المتدفقـة للاقتصاد النيوزيلندي ومكانة هـذه الاستثمارات منسوبةً إلى الناتـج المحـلي الإجـمالي الـ... نوي. وقـد وصلـت هـذه الأهميـة النسـبية للاستثمارات الأجنبيـة المبـاشرة إلى أعـلى قيمـة لها في الاقتصاد النيوزيلنـدي في عـام 2007، عندمـا بلغـت نحـو 3.1% مـن الناتـج المحـلي الإجـمالي في السـنة نفسـها أيضاً، ثـم بلغـت هـذه النسـبة نحـو 2% مـن الناتـج المحـلي الإجـمالي في عـام 2020.

9.2 الدروس المستفادة من تجربتي سنغافورة ونيوزيلندا:

اعتمـاداً عـلى التحليـل السـابق لتجربتـي سنغافورة ونيوزيلندا في تطويـر بيئة الأعـمال وتهيئتهـا لتكـون أكـثر جذبـاً للاسـتثمارات الأجنبيـة المبـاشرة، فإنـه يمكن استخلاص دروس عدة مستفادة؛ على النحو الموضح في الشكل التالي رقم (4).

شـكل رقـم (4): الـدروس المسـتفادة مـن تجربتـي سـنغافورة ونيوزيلنـدا في سـهولة الأعمال وفي الجاذبية للاستثمارات الأجنبية المباشرة*

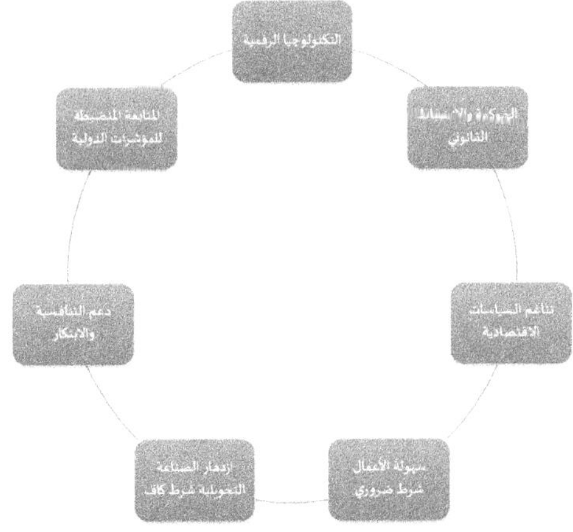

وفيما يلي شرح مركّز ومختصر لكل درس من هذه الدروس:

- الـدرس الأول هـو أهميـة التكنولوجيـا الرقميـة في تنظيـم بيئـة الأعـمال. إذ تتفق التجربتـان عـلى أن التحـول التكنولوجـي في بيئـة الأعـمال والاعتـماد عـلى الرقمنـة في تقديـم خدمـات الاستثمار لـه عظيـم الأثـر في تحسـين مؤشرات الاقـتراب مـن المستثمرين المحليـين والدوليـين، كـما يسـهم في تقليل الوقت وخفض التكلفة الضرورية لبدء الأعمال الاستثمارية إلى حدودهما الدنيا.

- الـدرس الثاني هـو أهميـة الشـفافية والحوكمـة وسلامة الإطار القانوني. تنص التجربتـان عـلى أن ضبـط الإطـار القانـوني يسـهم في استقرار بيئـة الأعـمال أمـام الاستثمار، وخصوصاً الاستثمار الأجنبـي المبـاشر؛ بـما ينعكـس عـلى مسـتوى الشفافية والإفصاح القائم في السوق وشيوع المنافسة الرشيدة.

- الـدرس الثالـث هـو ضرورة التناغـم بـين السياسـات الاقتصادية الكليـة المطبقـة في الاقتصاد وزيـادة كفـاءة عناصر الإنتاج الوطنيـة وإنتاجيتها. تشير التجربتان إلى الأهميـة الفائقـة للتناغـم بـين مختلـف السياسـات الاقتصاديـة أيضاً، وخصوصاً النقدية والمالية، لمـا لـه مـن أثـر مبـاشر في جـودة بيئـة الأعـمال وفي مسـتوى الكفـاءة التـي يبحـث عنهـا الاستثمار الأجنبـي المبـاشر، فضـلاً عـن أهميـة تحسـن إنتاجيـة عنصر العمـل بالتعليـم والتدريـب والاعتـماد عـلى التكنولوجيا الحديثة وأنظمة الإدارة المتقدمة.

- الـدرس الرابـع هـو أن تهيئـة بيئـة الأعـمال شرط ضروري وليس شرطاً كافيـاً لتدفـق الاستثمارات الأجنبيـة المبـاشرة. ذلـك أنه فيـما يخص أبـرز وجـوه الاختـلاف بـين التجربتين، ونظراً لأن الاقتصاد النيوزيلندي لم يجذب تدفقات استثمارية مرتفعـة مـن الاستثمارات الأجنبية المبـاشرة عـلى امتداد الفترة مـا بـين الأعـوام 2003 و2019 مقارنةً بمكانتـه الرائـدة في سـهولة ممارسـة أنشطـة الأعـمال وحلوله المنزلـة الأولى عالميـاً في عـام 2019، فإن ذلـك يعني أن مجرد

توفر البيئـة السـهلة والشـفافة لممارسـة أنشـطة الأعـمال ليـس شرطـاً كافيـاً لتدفـق الاسـتثمارات الأجنبيـة المباشرة، رغـم أنه بطبيعـة الحـال شرط ضروري مـن الـشروط الثلاثـة لهـذه التدفقـات، ألا وهـو شرط توفر الكفـاءة الاقتصادية في بيئة الأعمال التي يبحث عنها المستثمر الأجنبي.

- الـدرس الخامـس هـو أن ازدهـار الصناعـة التحويليـة المحليـة واتسـاع نطـاق السـوق يُعَدَّانِ شرطين كافيين لتحفيـز الاستثمارات الأجنبيـة المباشرة للتدفـق محليـاً. واعتمـاداً عـلى الـدرس السـابق، فـإن الـشروط الكافيـة لزيـادة تدفـق الاستثمارات الأجنبيـة المباشرة هـي توافـر المـوارد الطبيعيـة ومدخـلات الإنتاج مـع اتسـاع نطـاق السـوق المحلي واتصاله الفعّـال بالأسـواق الدولية، وقبـل كل ذلـك عمـق الأنشـطة التصنيعيـة الوطنيـة والتحسـن المطـرد في قدرات الصناعـة التحويليـة، وخصوصـاً قدراتهـا التصديرية. فهـذه حـال الاقتصـاد السـنغافوري في بيئـة الصناعـة المتوسـطة والعاليـة التقنيـة. فبينـما تمثـل الصادرات العاليـة التقنيـة أكثر مـن نصف الصـادرات الصناعيـة السـنغافورية (55%) عـام 2020، كانـت هـذه النسـبة تمثـل نحـو %10 فقـط في اقتصـاد نيوزيلنـدا في العـام نفسـه. ومن حيـث القيمـة، بلـغ هـذا النـوع مـن الصـادرات في سـنغافورة نحـو 160 مليـار دولار مقابـل نحـو نصف مليـار دولار فقـط في نيوزيلنـدا في العـام ذاته [11].

- الـدرس السـادس هـو ضرورة التركيـز عـلى حزمـة مـن التحسـينات في بيئـة الأعـمال في الاقتصـاد المحلي، وخصوصـاً ترقيـة مـؤشرات التنافسـية والابتـكار. ذلـك أنه فيـما يخص الاختلافـات القائمـة بيـن التجربتيـن، فيمكـن مقارنـة رتبـة كل منهـما في سـهولة ممارسـة أنشـطة الأعـمال ومسـتوى التنافسـية الكليـة؛ أي مقارنـة نتائـج تقريـر سـهولة ممارسـة أنشـطة الأعـمال مـع نتائـج تقريـر

11.. راجـع في ذلـك: مـؤشرات البنـك الـدولي عـلى الإنترنـت في الرابـط التـالي: https://databank.worldbank.org/reports.
aspx?source=world-development-indicators.

التنافسـية العالمـي[12]، بهـدف الوقـوف عـلى مكامـن الفـروق بـين التجربتـين. فقـد حـل اقتصـاد سنغافورة في المرتبـة الأولى عالمياً في التنافسـية الدولية في عـام 2019 متماشـياً مـع مرتبتـه الثانيـة عالميـاً في سـهولة ممارسـة أنشطة الأعـمال عـلى النحـو السـالف ذكـره. أمـا اقتصاد نيوزيلندا الـذي كان الأول عالميـاً في سـهولة ممارسـة أنشطة الأعـمال في عـام 2019، فيلاحـظ أنه قـد حـل متأخـراً في المرتبـة الـ 19 دوليـاً في هـذا التقريـر. ويرجـع ذلك أساسـاً إلى تراجـع رتبـة اقتصـاد نيوزيلنـدا في مؤشري حجـم السـوق المحـلي وطاقـة الابتـكار مقارنة بحالة اقتصاد سنغافورة[13].

- الـدرس السـابع هـو أن متابعـة التقاريـر الدوليـة الراصـدة لبيئـة الأعـمال بطريقـة منضبطـة تفيـد في إدخـال تحسـينات إجرائيـة عـلى هـذه البيئـة، حتـى لـو كانـت هـذه البيئـة متطـورة أصـلاً. فقـد شـهدت بيئـة الأعـمال في سـنغافورة ونيوزيلنـدا اختصـاراً للعديـد مـن الإجـراءات في بيئـة الأعـمال وتقليـل عـدد الأيـام اللازمـة لإنهـاء الخدمـات التـي يطلبهـا المسـتثمرون. ويرجـع ذلـك إلى الفوائـد التـي تقدمهـا هـذه التقاريـر في لفـت الانتبـاه لعـدد الإجـراءات ونوعيتهـا التـي يتطلبهـا النشـاط الاسـتثماري بصـورة دوليـة مقارنـة بمثيلاتهـا في الـدول الأخـرى. ويتمثل الانضبـاط في عمليـة متابعـة التقاريـر الدوليـة في الفهـم الدقيـق لمسـتوى أهميـة هـذه التقاريـر في حالـة الاقتصاد النامي في سـياق دولي مقارن.

وعمومـاً، وفي الجـزء التـالي، تختتـم الدراسـة تحليلهـا بتقديـم بعـض النصائـح للـدول الناميـة التـي تسـتهدف تطويـر بيئـة الأعـمال وتهيئتهـا أمـام تدفـق الاسـتثمارات الأجنبيـة المبـاشرة ولا سـيما في حالـة الـدول الأفريقية.3كيـف تعـزز

---

12. . راجـع في ذلـك: المنتـدى الاقتصـادي العالمـي، تقريـر التنافسـية العالمـي، إصـدار 2019 في الرابـط التـالي: .https://www3 weforum.org/docs/WEF_TheGlobalCompetitivenessReport2019.pdf.

13. . راجـع في ذلـك التقريـر السـابق نفسـه للمنتـدى الاقتصـادي العالمـي في الرابـط التـالي: https://www3.weforum.org/docs/ WEF_TheGlobalCompetitivenessReport واقع ب 2019.pdf.

3. الـدول الأفريقيـة تهيئـة بيئتها المحليـة أمـام الاسـتثمارات الأجنبية المباشرة:

إن العــالم يشـهد تسـارع وتـيرة التحسـين والتطويـر في بيئـة ممارسـة أنشـطة الأعـمال كمتطلب أسـاسي مـن متطلبـات جـذب الاسـتثمار الأجنبي لتمويـل جانـب مـن متطلبـات التنميـة. وبينـما يُلقِـي هـذا التسـارع بمزيد مـن الأعبـاء عـلى الـدول التي ترغب في زيـادة حصتها مـن الاستثمار الأجنبي المباشر سـنوياً، فـإن المـزج بـين التكنولوجيـا الحديثـة ورأس المـال البـشري المـدرب والكـفء والنظـم الإداريـة الحديثـة وتوافر رأس المـال (التمويـل) هـي التوليفـة المثـلى لزيـادة الجاذبيـة للاسـتثمارات الأجنبيـة المباشـرة، وهـي الأدوات التـي اعتمـدت عليهـا التجـارب الناجحـة لإنتـاج خدمـات متطورة تعـزز الجاذبيـة أمام هذه الاستثمارات.

وفي ضـوء ذلـك، تتنـاول الفقـرات التاليـة أهـم تحديـات بيئـة الأعـمال التي تعانيها دول قـارة أفريقيا في جـذب الاستثمارات الأجنبيـة المباشرة، لتعتمـد عليها في طـرح عـدد مـن المقترحـات الضروريـة للتغلـب عـلى هـذه التحديات بالتعلـم مـن دروس تجربتي سنغافورة ونيوزيلندا.

1.3 ملامح عامة حول بيئة الأعمال الأفريقية:

وفـق بيانـات البنـك الـدولي المتعلقـة ببيئـة الأعـمال في دول العـالم المختلفة في عـام 2019، تحتـل الغالبيـة العظمـى مـن الاقتصادات الأفريقيـة مكانـة غـير متقدمـة في رتبـة سـهولة ممارسـة أنشـطة الأعـمال. والشـكل التـالي رقـم (5) يوضح أن موريشـيوس كانـت الأولى أفريقيـاً في عـام 2019 وفي المرتبـة الـ 13 عالميـاً. كما يظهـر الشـكل نفسـه رتبـة أعـلى عـشرة اقتصـادات في أفريقيـا في سـهولة بيئـة الأعمال.

شـكل رقـم (5) أعـلى عـشرة اقتصادات أفريقيـة في سـهولة ممارسـة أنشـطة الأعمـال في عام 2019*

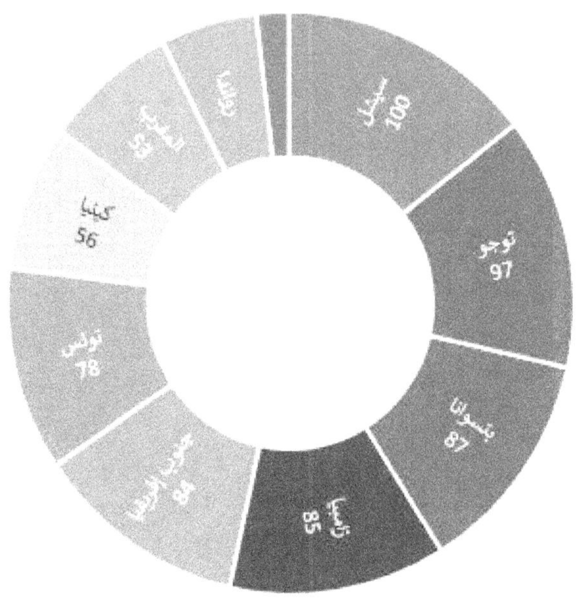

* مصـدر بيانـات الشـكل: مؤشرات التنميـة العالميـة للبنـك الـدولي في الرابـط التـالي:
https://databank.worldbank.org/reports.aspx?source=world-
development-indicators#

ويلاحـظ مـن الشـكل السـابق رقـم (5) أنـه على الرغـم مـن حلـول اقتصاد موريشـيوس ضمـن فئـة أعـلى عشريـن اقتصـاداً عالميـاً في رتبـة سـهولة ممارسـة أنشـطة الأعمـال في عـام 2019 عندمـا حـل في المرتبـة الـ 13 عالميـاً، فـإن باقـي الاقتصـادات العشـرة الأوائـل في قـارة أفريقيا يتوزعـون على الرتـب المئة الأولى عالميـاً بدايـة مـن المرتبـة الـ 38 التـي حـل فيهـا اقتصـاد روانـدا وانتهت بمرتبـة سيشـيل

بحلولهـا في المرتبـة الــ 100 عالميـاً. أمـا باقـي اقتصـادات القـارة الأفريقيـة فجـاءت رُتَبُها متأخرةً فيما بعد المرتبة المئة عالمياً.

وطالما تأثـرت ربـة الغالبيه العظمـى مـن الاقتصـادات الأفريقيـة في سهـولة ممارسـة أنشـطة الأعمـال، فـإن ذلـك يرجـع أساسـاً إلى العديـد مـن التحديـات التـي تجابـه هـذه البيئـة. والجـزء التالـي مـن الدراسـة يحـاول اسـتخلاص أبـرز هـذه التحديات أمام بيئة الأعمال الأفريقية.

2.3 تحديات الحالة الأفريقية في بيئة الأعمال:

هنـاك العديـد مـن التحديـات التـي تعانيهـا بيئـة الأعمـال وتعـوق عمـل الـشركات المحليـة والأجنبيـة المسـتثمرة في دول القـارة الأفريقيـة ولا تلبـي احتياجاتهـا ومتطلباتهـا. والدليـل الـذي تعتمـد عليـه الدراسـة هنـا يتمثـل في شـيوع هـذه التحديـات في غالبيـة الاقتصـادات الأفريقيـة، لكونهـا تـأتي متأخـرة في رتبـة سـهولة ممارسـة أنشـطة الأعمـال العالميـة كمـا عكسـته تقاريـر البنـك الـدولي عـام 2019، على النحـو الـذي سـبق بيانـه. والنقـاط التاليـة تُجمِـل أهـم هـذه التحديـات في بيئـة الأعمال الأفريقية:

- التحـدي التمويـلي: نتيجـة لمحدوديـة القـدرات التمويليـة المحليـة، ومـع نزايـد حاجـة الـدول الأفريقيـة للتمويـل الأجنبـي للاسـتثمار والنمـو، فـإن التحـدي التمويلي لبيئـة الأعمـال في أفريقيا يتمثـل في محدوديـة قـدرة الجهـاز الحكومي عـلى إحـداث تحسـينات إجرائيـة مسـتمرة في هـذه البيئـة، إمـا لتزايـد عجـز الموازنـة العامـة في أغلـب دول القـارة الأفريقيـة، وإمـا نتيجـة لزيـادة الأعبـاء المالية التي يحتاج إليها التحسين الإجرائي والتنظيمي المستهدف.

- التحـدي التصنيعـي: نتيجـة ضعـف القـدرات التصنيعيـة الوطنيـة ومحدوديـة القيمـة المضافـة الوطنيـة في أنشـطة الإنتاج المختلفـة وتـردي مـؤشرات العمـق والكثافـة

التصنيعيـة الوطنيـة. وتؤثـر هـذه الحالـة في الكفـاءة الاسـتثمارية في بيئـة الأعمـال نتيجـة لضعـف التشـابكات الأماميـة والخلفيـة التـي تحتـاج إليهـا أنشـطة الاسـتثمار مـن جانـب الـشركات الدوليـة. كـما أن غيـاب الـشركات الصغيـرة والمتوسـطة ذات الكفـاءة الإنتاجيـة العاليـة والتخصصـات المتماشيـة والمتناغمـة مـع بيئـة الأعمـال الدوليـة وسلاسـل القيمـة العالميـة، يحـد مـن قـدرة اقتصـادات القـارة الأفريقيـة عـلى جـذب نوعيـات محـددة ومتميـزة مـن الاستثمارات الأجنبيـة المباشرة، ويجعـل بيئـة الأعمـال فيهـا غير قـادرة على المنافسة الدولية في جذب هذه الاستثمارات.

- التحـدي التنظيمـي: ومـع شـيوع البيروقراطيـة في بيئـة الأعمـال وفي إنتـاج الخدمـات التـي يحتـاج إليهـا المسـتثمرون، وخاصـة الحكومـي منهـا، تتراجـع درجـة الشـفافية ومسـتوى الإفصـاح في هـذه البيئـة وترتفـع مؤشرات الفسـاد مقارنةً بالمسـتويات المحققـة في بيئـة الأعمـال الدوليـة التنافسـية. وإزاء هـذه البيروقراطيـة، تـزداد الصعوبـات والمقاومـة أمـام أنشـطة التحسـين المطلـوب مـع ارتفـاع تكاليـف التطويـر المسـتهدف في بيئـة الأعمـال. كـما يؤثـر شـيوع البيروقراطيـة في اقتصـادات دول القـارة الأفريقيـة في تعـدد الإجـراءات التنظيميـة وتداخلهـا وتعارضهـا في أحيـان كثيـرة؛ وينعكـس ذلـك مباشرة عـلى رتبـة هـذه الدول في تقارير سهولة ممارسة أنشطة الأعمال المقارن دولياً.

- التحـدي القانـوني: ونتيجـة لتنـوع القوانين المنظمـة لبيئـة الأعمـال وتداخلهـا وتعارضهـا، ولا سـيما القوانيـن التـي تفـرض الضرائـب والرسـوم وتحـدد إجـراءات بدايـة أنشـطة الاسـتثمار، يصبـح غيـاب الانضبـاط القانـوني هـو السـمة العامـة للنظـام القانـوني في غالبيـة الـدول الأفريقيـة وبمـا يؤثـر تأثيـراً سـلبياً في أنشـطة الاستثمار الأجنبي ويخلق تحدياً أمام رغبتها في الدخول في الأسواق المحلية.

- تحـدي الاسـتقرار الاقتصـادي والسـياسي والاجتماعـي: نظـراً لأن حسـابات الجـدوى الاقتصاديـة هـي الأسـاس العلمـي الـذي تعتمـد عليـه الـشركات ذات

النشـاط الـدولي في تخطيـط أعمالها الدوليـة وتوسـيعها، فإن واحداً مـن أشـهر التحديـات في بيئـة الأعـمال الأفريقيـة، هـو غيـاب الاسـتقرار في هـذه البيئـة الـذي يحـد مـن جـودة عمليـات حسـاب الجـ ا وى الاقتصاديـة. ومـن ثـم، تُصبح بيئـة الأعـمال الأفريقيـة أقل جاذبيـة للـشركات الدوليـة الباحثـة عـن الكفـاءة الاقتصادية.

3.3 مداخل تنظيمية لتهيئة بيئة الأعمال في الدول النامية الأفريقية:

تأسيسـاً عـلى مـا اسـتخلصته الدراسـة مـن دروس مـن التجـارب الدوليـة الناجحـة، وفي ضـوء مـا تعانيـه أغلب الـدول الناميـة مـن تحديـات وخصوصـاً في دول القـارة الأفريقيـة، فـإن تنظيـم بيئـة الأعـمال وتطويرهـا في هـذه الـدول يحتـاج إلى مداخـل جديـدة تراعـي هـذه التحديـات وتتعلـم مـن تلـك الـدروس. والنقـاط التاليـة تسلط الضوء على المداخل التي تقترحها الدراسة:

- إن المدخـل الأول لتهيئة بيئة الأعـمال في الـدول الناميـة يـأتي مـن وجود خطة محكمـة للتطويـر الإداري لبيئـة الأعـمال. عـلى أن تتشـارك الجهـات جميعهـا ذات التأثـير والتفاعـل بهـذه البيئـة في صياغـة هـذه الخطـة والإيـمان بأهميتهـا وأهدافهـا التنمويـة. واعتـماداً عـلى هـذه الخطـة، تتضـح الخطـوات المطلوبـة لتهيئـة بيئـة الأعـمال، وتتـوزع المهـام والمسـؤوليات عـلى العنـاصر كلهـا المكونـة لمنظومة الاستثمار الموضحة آنفاً.

- أمـا التركيـز عـلى تطويـر معـارف ومهـارات عنـصر العمـل فتعتـبر مـن أهـم مداخـل التطويـر المطلوبـة لبيئـة الأعـمال في الـدول الناميـة. ذلـك أن انخفاض إنتاجيـة عنـصر العمـل في عمليـات ترويـج الاستثمار وفي مراكـز خدمـات الاسـتثمار يؤثـر تأثيراً بليغـاً في ترتيـب الدولـة في مـؤشرات سـهولة ممارسـة أنشطة الأعـمال ويؤثـر، مـن ثـمّ، في قدرتهـا عـلى جـذب المزيـد مـن الاستثمار المبـاشر الأجنبـي. وبالمثـل، فإن تدبـير التمويـل اللازم لرفع إنتاجيـة رأس المـال

التكنولوجي يسهم في تحسين الخدمات الحكومية المقدمة من أجل التحول الرقمي، كما يعمل على رفع الإنتاجية الكلية لمراكز إنتاج خدمات الاستثمار وتقديمها. وبالتالي، فإن توليفة من تطوير الموارد البشرية والتحول التكنولوجي هي المدخل الحاسم لتهيئة بيئة الأعمال في الدول النامية.

- الاهتمام بدعم بيئة الأعمال في قطاع الصناعة التحويلية وتحفيز أنشطته الجاذبة للاستثمارات المحلية والأجنبية على السواء. فتوفر مناخ تتشابك فيه الأنشطة الصناعية المحلية مع الأنشطة الاستثمارية المستهدفة يزيد من جاذبية بيئة الأعمال في دول القارة الأفريقية أمام تدفق الاستثمارات الأجنبية المباشرة، وخصوصاً النوعية العالية القدرات الصناعية والناقلة للتكنولوجيا.

- أهمية القضاء على أشكال التداخل والتشتت القانوني كافة في اقتصادات الدول النامية. ويمكن أن يحدث ذلك عبر إصدار قانون موحد وواضح وسهل للاستثمار، على أن يراعي هذا القانون التحول الرقمي في تقديم الخدمات المختلفة للشركات المحلية والدولية.

- أهمية الانتظام في تحليل مكونات المؤشرات الفرعية للتقارير الدولية الراصدة لبيئة ممارسة أنشطة الأعمال وفهم المنهجية التي تُبنى على أساسها تلك المؤشرات ومتابعة مكانة الدولة في هذه التقارير والتغيرات التي تطرأ عليها عاماً بعد آخر. كما أن من الضروري التعلم من أفضل الممارسات الدولية في تطوير بيئة الأعمال، مع الانتباه إلى أن هدف تطوير هذه البيئة لتكون أكثر سهولة هو شرط ضروري لكي يصبح الاقتصاد أكثر جاذبية للاستثمارات الأجنبية المباشرة، لكنه ليس شرطاً كافياً لهذه الجاذبية كما سبقت الإشارة إليه.

نبذة عن المؤلفة

تعمـل مـوزة المرزوقي باحثـة بقسـم الدراسـات الاقتصادية في «مركـز تريندز للبحـوث والاستشـارات». وهـي حاصلـة عـلى شـهادة البكالوريـوس في الاقتصـاد السـياسي والتنميـة مـن جامعـة زايـد. شـاركت مـوزة في نـدوات عـدة في مجـالات مختلفـة؛ منهـا: الاقتصـاد، والـذكاء الاصطناعـي. وصـدرت لهـا دراسـة سـابقة بعنـوان: «واقـع الاسـتثمار الأجنبي المبـاشر مـا بعـد الجائحـة»، ضمـن برنامـج «شـباب تريندز للبحث العلمي».

تريندز للبحوث والاستشارات
TRENDS RESEARCH & ADVISORY

العلاقة بين تحسين بيئة الأعمال وتدفق الاستثمار الأجنبي المباشر

دروس تقدمها سنغافورة ونيوزيلندا للدول الأفريقية

موزة المرزوقي

ورقة سياسة (17)
نوفمبر 2022